시간의 선물

시간의 선물

초판 1쇄 인쇄일 2022년 10월 5일
초판 1쇄 발행일 2022년 10월 12일

지은이 이린
펴낸이 양옥매
디자인 표지혜 송다희

펴낸곳 도서출판 책과나무
출판등록 제2012-000376
주소 서울특별시 마포구 방울내로 79 이노빌딩 302호
대표전화 02.372.1537   **팩스** 02.372.1538
이메일 booknamu2007@naver.com
홈페이지 www.booknamu.com
ISBN 979-11-6752-192-7 (03800)

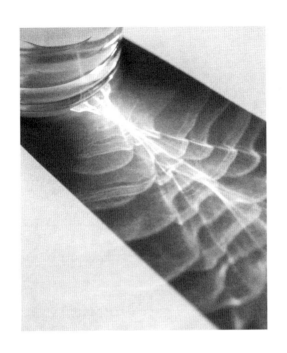

이린 시집

시간의 선물

책나무

시인의 말

창문 방충망에 집도 없는 민달팽이 한 마리가 올라왔습니다.

언제 왔는지 가늘게 말라 가는 게 보입니다. 어디서부터 왔는지 모르지만 가장 가까운 뒤뜰에서 출발했다 하더라도 시멘트로 덮인 길을 지나 지상 2미터가 넘는 창문까지 먼 길을 온 것 같습니다.

얼마나 오랜 시간을 살갗을 쓸리는 아픔을 참아 가며 무슨 생각으로 여기까지 왔을까요. 목적지는 알고 온 걸까요? 자신이 가는 길이 아무것도 남지 않는 허무의 길이란 걸 알기는 했을는지….

사람의 삶도 별반 다르지 않아서 저 달팽이의 무모한 여정처럼 목적지도 모르면서 앞으로 앞으로 나아갈 수밖에 없는 것 같습니다.

저 또한 목적지도 모르는 인생의 여정에서 부질없는 짓을 하고 있는 건 아닐는지….

2022년 가을이 오는 길목에서

이린

2. 틀어진 자오선

3. 오월 어느 날

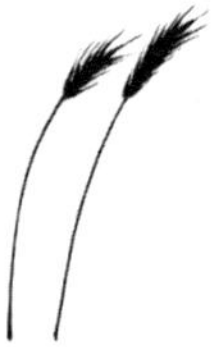

4. 바람의 기억

1

마음의 연인에게

갈대꽃이 핀 강변에 앉아
은빛으로 날리는 갈대를 바라보며
가슴속에 묻어 두었던 하얀 이야기들
해가 이울도록 나누고 싶습니다

관계

꽃이 지거니
슬퍼 말아요

좋았던 시절은
잠깐 지나가느니
지나가는 것에
마음을 두지 말아요

붙잡을 수 없는 걸
놓지 않으면
서로의 상처만 깊어지느니

모든 것은 지나가는 것
지나가는 것에
마음을 두지 말아요

마지막이란

싸움이 끝났다는 것
미움이 끝났다는 것

눈물이 말랐다는 것
웃음이 말랐다는 것

애정이 사라졌다는 것
기쁨이 사라졌다는 것

만질 수 없다는 것
닿을 수 없다는 것

다시는 볼 수 없다는 것
다시는 들을 수 없다는 것

아무것도 아닌
무로 돌아간다는 것

사람들이여

바람이 부는 날에도
구름이 덮인 날에도
그대는 반짝입니다

달빛에 가려
그 빛을 잃는다 해도
그대 거기 있다는 걸 압니다

문자로 카톡으로 메일로
보아 달라고 알아 달라고
아우성치지 않아도
그대 거기 있다는 걸 우리는 압니다

우리 마음의 문이 닫히지 않는 한
우리 마음의 눈이 흐려지지 않는 한

시간의 선물

별이 저마다의 빛으로

꽃이 저마다의 향기로 존재하듯이

그대만의 빛과 향기로

거기에 있다는 걸 알고 있답니다

마음의 연인에게

바람이 소슬하게 부는 날이면
그대가 생각납니다
갈대꽃이 핀 강변에 앉아
은빛으로 날리는 갈대를 바라보며
가슴속에 묻어 두었던 하얀 이야기들
해가 이울도록 나누고 싶습니다

보슬비가 소리 없이 내리는 날이면
그대가 보고픕니다
가만가만 내리는 빗방울을 맞으며
젖어 가는 서로의 어깨를 쓰다듬으며
나란히 팔짱을 끼고
말없이 조용히 걷고 싶습니다

낙엽이 하염없이 떨어지는 날이면
그대를 만나고 싶습니다
헤어져야 하는 슬픔으로

뒹구는 낙엽의 아픔과

잊혀져야 하는 날들에 대한 번민과

이루지 못한 사랑에 대한

성찰을 함께하고 싶습니다

그대를 보내며

그내 어디쯤 가셨나
가는 길 험하거나 멀진 않는지
허둥대기 잘하는 그대가
어찌 가고 있는지 염려되오

그대 떠나고 사십구 일
누구도 대신할 수 없는
그대의 빈자리를 안고

가파른 고갯길을 넘듯
힘겹게 하루하루를
이어 가는 고통이

그대가 견뎌야 했던
아픔을 대신하는 거라면
이 애통함을 다행이라 여긴다오

그대 편히 가시오
내 여기서 그대의 손을 놓으리
사랑함에 애와 증이 있다면
이제 우리 사이엔 애만 남았으리

그대 잘 가시오
그대가 좋아하는
꽃이 피고 음악이 흐르는
그곳으로

들어가기

처음엔 가벼운 피아노 터치와
곁들인 파도 소리로 불러내려 했지
간혹 그것으로 문이 열리기도 했으니

아니다 기척이 없다
다시 가벼운 레이스 자락처럼
살랑거리는 청하를 걸치고
고혹적인 자태로 손짓을 해도

아 그러나 실패다
열리지 않는 내 안의
문을 열기 위해서는
사십 도의 마약을 쓸 수밖에

부질없음

욕망이 아니라도
탐욕이 아니라도

무언가를 소유한다는 것은
수고로움과 부담스러움을
짊어지는 것이리니

누군가를 사랑한다는 것도
그 외로움과 고통스러움을
함께하는 것이리니

무언가를 갖는 것도 사랑을 하는 것도
제 어깨에 짐을 얹는 것이리니

네 잎 클로버

둘이서 걷는 산책길
어쩌다 눈에 띄었을까
길섶의 클로버 무리 속
딱 하나 숨어 있던 행운

수십 년 함께 살아도
남보다 더한 남의 편이
건네준 네 잎 클로버 한 잎

내 편인 줄 알고 만나
내 편이라고 믿으려 애썼지만
내 편보다 남의 편인 적이
더 많았던 그 남자

시간의 선물

평생 처음 받아 본

네 잎 클로버 한 잎

이제 내 편이 되겠다는

증표라고 믿어도 되려나

어느 소녀를 위한 애가*

푸른 물이 흐르고 붉은 꽃이 피는
아름다운 동산에 예쁜 소녀가 살았네
소녀는 꿈을 꾸었네
멋진 백마를 탄 왕자가 와 주기를
어느날 소녀는 노랫소리를 들었네
그녀의 창문 밖에서 부르는
사랑의 세레나데를

백마를 탄 왕자는 소녀를 성으로 데려갔네
하지만 왕자는 알고 보니 사기꾼이었네
성안에 갇힌 소녀는 신데렐라가 되었네
마귀 같은 성주 부부는 그녀를 혹사시켰네
온갖 허드렛일과 노동으로
손은 갈퀴가 되고 허리는 굳어 갔네
하지만 귀여운 자식들에게 정을 붙이고
열심히 살아가던 그녀에게
사기꾼과 성주는 추방을 명령했네
소녀는 두 아이를 뺏기고 쫓겨났네

소녀여 울지 말아라

너는 다시 공주가 된 거야

네 등에는 잃었던 날개옷이 입혀지고

네 눈은 넓고 풍성한 세상을 볼 수 있을 거야

실망하지 말고 날개를 펼쳐라

그리고 마음껏 날아라

네가 바라던 아름다운 성을 다시 찾아라

진짜 왕자님이 너를 찾고 있을 거야

다시 한 번 꿈을 펼쳐라

아직 너의 날개는 낡지 않았단다

힘껏 날아 보려므나

세상이 너를 반겨 줄 거야

때가 되면 너의 두 아이도

용감한 사나이들이 되어서

너를 찾아올 거야

그날을 위해 싱을 쌓으려므나
너만을 위한 멋진 성을
아름다운 소녀여!
다시 한 번 꿈을 꾸어라
일어나 날개를 펼쳐 하늘 높이 날아라

* 미라에게

시간의 선물

벚꽃 사랑

기별 없이 왔다
인사 없이 가는
불륜의 사랑처럼

화사한 얼굴로
분분히 흩날리며
마음을 어지럽히고
덧없는 이별로
미련 없이 떠나기에
허망한 인연이라고
잊으려 애썼는데

툭, 툭, 툭,
봄이 지는 날
까맣게 멍든 응어리
바람결에 보내왔네

번데기의 날들

언젠가 오늘의 고난을
옛말처럼 이야기할 날이 있으리
달도 없는 깜깜한 밤이 지나면
밝은 해가 떠오르는 아침이 오듯

이 어둡고 신산한 날들을
조신하고 겸허하게 견디노라면
서로 손을 잡고 눈을 마주치며
환하게 웃을 수 있는 날이 오리니

차디찬 땅속에 엎디어
봄을 기다리는 어린 싹처럼
마른 가지에 몸을 의지하고
날개를 펼칠 그날을 기다리는
호랑나비 번데기처럼

순응과 은신의 시간이 지나면

환하게 빛나는 여망의 날이 오리니

화가 날 때

화가 날 때 남편은 소릴 질렀다
화가 날 때 나는 아이를 울렸다

화가 날 때 남편은 그릇을 던졌다
화가 날 때 나는 침묵을 지켰다

화가 날 때 남편은 술을 마셨다
화가 날 때 나는 마냥 울었다

화가 날 때 남편은 집을 나갔다
화가 날 때 나는 머리를 벽에 찧었다

화가 날 때 남편은 헤어지자고 했다
화가 날 때 나는 밤새워 글을 썼다

어느 날 남편과 나는 같이 술을 마셨다

그러나 남편은 말한다

자신은 가장 인간적이라고

하지만 너는 비인간적이라고

어떤 사내

'나 속 시끄러운 사람이야!'

온종일 집어삼킨 매연과
모순의 창날들이
심장을 찔러 대는 고통 속에서
어둠이 밝아 오기를 기다리는
네 눈물의 파편이
나의 가슴에 날아와 박힌다

평생 역경과 설움을
온몸으로 맞서 가며
살아온 사내
상처의 삶에 자족하려
피붙이 크루즈 여행 시켜 주며
돈 뿌리던 사내

홀로 잘 견뎌 온 것이
독이 되었나니
살아간다는 것은
그 모든 고통의 흔적들과
마주 잡고 뒹구는 것이나니

해변의 서퍼가
밀려오는 파도를 타고 넘으며
생의 환희를 즐기듯
사내야!
네 삶의 고통들을 타고 넘으렴

놓다

내 그대 떠나보내리
언약의 말 한마디
드린 적 없어도

그대
나의 장롱 속
보물로 간직하려 했건만
금란지교는 아니라도
그대 내 마음의 강에
머물러 있는 한 척 배였네

그대
바람 불면
떠나갈 돛단배라면
이제 그대 보내려 하네

시간의 선물

강가에 묶었던 밧줄 풀어

서럽고 애달픈 정과 함께

비원

얼마나 많은 세월이
흐르고 흐른 뒤에야
내가 그대를
사모하고 있었는지 알까나

얼마나 많은 세월이
흐르고 흐른 뒤에야
내가 그대를
놓지 못해 슬펐는지 알까나

얼마나 많은 세월이
흐르고 흐른 뒤에야
내 정녕 그대만을
바라보고 있었는지 알까나

벽

내가 당신이 될 수 없듯
당신도 내가 될 수 없었겠지요

이제 더 이상
어떤 것도 공감할 수 있기를
어떤 것도 공유할 수 있기를
바라지 않겠습니다

물과 기름은 결코
합쳐질 수 없는 것을

손목에 묶인
붉은 실에 희망을 걸었던
어리석음을 거두렵니다

여지

사랑한단 말은 안 해도
미워한단 말은 하지 말아요

좋아한단 말은 못 해도
싫어한단 말은 하지 말아요

짧다면 짧고
길다면 긴 인생사

미움이 사랑이 될 수도
싫음이 좋음이 될 수도

참으로 알 수 없는 건
사람의 마음이라니

당신과 나 서로의 마음에
바늘구멍쯤은 남겨 두기로 해요

시간의 선물

착각

이제쯤 연락이 와야 되는데
나를 찾을 때가 됐는데

아프지도
슬프지도
외롭지도 않나
그에게는 내가 꼭 필요할 텐데

달이 차면 이울고
바닷물이 들었다 나가듯
사람의 마음도 왔다 가는 게
우주의 섭리라고 했지만

지금쯤 전화벨이 울릴 때가 됐는데
그에게 나는 없어서는 안 될 존재일 텐데

허망

하늘에 띄운 연줄에
맺은 인연이었던가
그렇게 쉽게 끊어질 줄이야

그때 조금 풀어 줬어야 했나
아님 살짝 당겨 줬어야 했나

무엇이 맞는 건지
문제의 본질조차 모르는
의문과 의문들

시발점에서 종착점까지
정답이 없는
난해한 생의 길이어라

칼

팔을 치켜들기만 하면 상대를 벨 수 있는
장검은 무사에게

세균 하나도 없게 닦아진 정갈한
회칼은 요리사에게

예쁜 칼집에 들어 가슴에 매달린
은장도는 조선의 여인에게

사람에게 저마다 주어진 도리와 본분이 있듯
칼마다 모양과 쓰임이 다르다는 걸
눈으로 보면 안다

그러나 세상에서 가장 위험한 칼은
모양이 없고 눈으로도 보이지 않는
누군가의 입에서 나온 말이다

빚

불을 가까이하면
데이기가 쉽다기에
물을 가까이하면
빠지기가 쉽다기에
늘 그렇게 조심했었지

가까이하지 않으려
모르는 척 애를 쓰며
나는 너에게 아무것도
얻지도 빌리지도 않았다고
스스로 자부했었는데

그대 떠난 후에야 알았네
마음으로 빌린 빚이 있음을

후회

아침에 출근하는 아들과 나눈 대화
전화를 끊고 나서 되새겨 보니
행여 별 뜻 없이 던진 어미의 말이
아들의 목에 가시가 되진 않았는지
두고두고 온종일 마음에 걸린다

온릉(溫陵)*

죄 없이 한평생 외롭게
차가운 현실의 감옥에서
애옥살이 살다 간 여인

생살을 찢어 내듯 끊겨진
정겨운 사랑의 연분을
사무치는 사모의 정한을
무엇으로 달래며 살았는지

질곡의 세월
달래고 달래어도
지워지지 않았을
한 맺힌 쓰라린 가슴을
칠십 년 어이 견디었을까

제대로 갖춰지지도 않은
허울뿐인 능 따위보다

죽어서라도 정인 옆에

묻히기를 소원했을 여인

듣기 좋게 주어진 능호가

더욱 서럽고 가슴 아리네

＊ 온릉: 경기도 양주에 있는 조선 11대 왕

중종의 첫 부인 신씨의 무덤

상사화

그립고 아쉬운 정
마음에 담아

긴긴 여름날
촛불을 켭니다

서로 볼 수 없어도
손을 마주 잡을 수 없어도

그대와 나
하늘이 맺어 준
한 몸이라는 걸 알기에

한생을
기다림으로 지새웁니다

시간의 선물

졸혼이란

상대의 안위를 염려하지 않기
기쁨도 슬픔도 공유하지 않기
같은 곳을 바라보는 걸 끝내기
상대가 어디에 있든 상관하지 않기
상대가 누구와 무엇을 하든 이유를 묻지 않기
머릿속에 지우개를 만들어
부부는 한 몸이라는 말을 잊어버리기

어떤 항생제로도 치유될 수 없는
내성이 생긴 상태

2

틀어진 자오선

끝을 알 수 없는
시간의 한복판에서
어디인지 모를 미래를 향해
끌려갈 수밖에 없는

가을 강변에서

흘러가는 것은
흘러가는 대로 두어야 하리

이루려고 애달았던 야무진 꿈도
돌아갈 수 없는 날들의 그리움도
희미하게 멀어져 가는 사랑의 그림자도

흘러가는 강물처럼
스쳐 지나는 바람처럼
모였다 흩어지는 구름처럼

흘러가는 것은
흘러가는 대로 두어야 하리

시간의 선물

시간의 선물

지나가지 않을 것 같았던
벗어나지 못할 것 같았던

배고팠던 날들이
서러웠던 날들이
불안했던 날들이
고단했던 날들이
외로웠던 날들이
괴로웠던 날들이
원망스런 날들이

주름이 잡히듯 세월이 가고
뒤돌아보니 미련한 착각인가
일곱 빛깔 무지개처럼 아롱져
모두가 아름다운 날들이었네

낡아 가는 세월

또 한 해가 간다
움켜잡았다고 생각한 순간
빠져나가 버린 마른 모래알

설명되어지지 않는 현실은
손바닥에 희미하게 남은
모래 먼지처럼
흐린 기억만 남기고

사랑도 미움도
이상도 청춘도
남루해진 외투가 되고

무성했던 꿈도 열정도
한 줌의 재로 사그라지고
허덕지덕 세월이 낡아 간다

길 위의 디오게네스*

하늘이 흐린 아침
달팽이 보도 위를 기어간다
디오게네스의 등불인 양
한 쌍의 촉각을 높이 들고
동행도 없이 홀로 길을 간다

삶이란
본시 홀로 걸어가는
고독의 길인 것을
애태우며 누군가와 동행하려 했던
미련한 어리석음을
이제야 깨달아 가는데

달팽이 한 마리
소리 없이 느리게 제 길을 간다

* 디오게네스: 그리스의 철학자

얼룩진 인생

가치롭고 의미 있던
삶의 이상들이
무너져 버린
복종할 수밖에 없는 현실

칠 년의 웅크림 끝에
올라온 지상에서
우화하지 못하고
껍질째 굳어 버린
굼벵이의 슬픈 잔해로
남은 상실의 흔적

피어 보지도 못하고
시들어 버린 꽃봉오리
두려움과 불안
아픔과 상처로 얼룩진
진실과 환상의 파편

시간의 선물

소멸되어 가는

존재의 근거들이 아프다

꿈꾸는 집

마루 끝에 개가 졸고
뜰에 백목련 향 은은한데
아이는 한가로이 벌을 쫓는다

노란 개나리 담장가를 두르고
상사화 옥잠화 어우러지면
투박한 내 님의 손길도 화사해진다

상추 고추 호박나물 올려진
소박한 밥상에 둘러앉으면
금빛 대궐 억만장자 부럽지 않다

망년과 신년 사이

등을 보이며 떠나는
너에게
나의 슬픔과 상처와 미련을
들려 보내고
추억이라는 화인을 찍는다

눈앞에 나타나는
너에게
기쁨과 위안과 희망을
얻을 수 있기를 기대하며
오월의 장미처럼
아름다운 풍요로움과
평안이라는 이름으로
너를 기억하게 되기를 소망한다

늙은 소년들을 위한 목가

송사리 노니는 시냇가에
벌거벗고 물장구치던
소년들
들판의 바람을 가르며
풀벌레와 달음박질하던
소년들
보리피리 꺾어 불며
청운의 꿈을 노래하던
그 소년들

바위도 삼킬 듯
휘날리던 청춘 접어지고
풀밭에 메뚜기
여기저기 뛰어다녀도
이제는 잡을 수 없고

푸르던 청운의 꿈
다시 꿀 순 없지만
가슴속엔
아직 붉은 심장이 뛰네

진눈깨비 내리는
황혼의 뜨락에
화톳불 피워
지나가 버린 날들의
기억을 굽는
늙은 소년들의 애상이여

틀어진 자오선

착지점을
잘못 잡은 매미처럼
맨땅에 떨어져
비틀어 말라 버린
청춘의 시간들

깨져 버린 항아리
막을 수 없듯
흘러가는 물
또한 막을 수 없는 것

끝을 알 수 없는
시간의 한복판에서
어디인지 모를 미래를 향해
끌려갈 수밖에 없는
존재의 무력함

되돌아갈 수도

다시 만들 수도 없는

세월이 간다

슬픔의 덫

술을 마시면 늘 슬프다
가슴속이 비어 텅 비어
더욱 슬프다

술을 먹고도
쉽게 잠들지 못하는
내가 슬프고
슬퍼도 드러내지 못하는
내가 슬프고

그중에서도
누군가를 찾고 있는
내가 슬프고
그런 내가 슬퍼서
더욱 슬프다

술로써도 잠재울 수 없는 슬픔
내 인생의 덫인가 운명의 올가미인가
살아도 살아도 풀리지 않는 수수께끼
내 육신을 옥죄는 사슬이다

꿀 수 없는 꿈

매일 밤 나는
시크릿가든을 헤맨다
잠이 잘 오지 않거나
잠이 잘 오거나

살아오는 동안
맘에 드는 정원 하나
못 만든 죄로
이 나이 되도록
아직도 정원을 찾아 헤맨다

신비의 정원
비밀의 정원
나만의 정원
내 삶의 종말을 기록할
영원의 정원을 찾아 헤맨다

생의 계율

똑바로 가려 했는데
비틀어진 시선으로
웅덩이에 빠져 버린
바퀴의 헛된 몸부림

낮은 곳으로
흐를 수밖에 없는
물의 숙명을 거역한 채
다시 떨어져 내릴지라도
거꾸로 치솟는 분수로
살고 싶었던
욕망의 위태로움

소멸되어 가는 비눗방울처럼
사라져 가는 생의 종착점까지
풀리지 않을 인간을 규율하는 척도

욕망

맺을 수 없는
불륜의 사랑처럼
밝음 속에 감춰 왔던
이제쯤 버려야 하는
상처와 상처를 포갠 흔적들

차마 놓지 못하는 허망
뒤돌아 감출 수도
보지 않으려 눈을 감아도
어쩔 수 없는
언젠가 놓아야 하는 것

붙잡으려 몸부림쳐 봐야 소용없는 것을
벼리고 벼린 심중의 비수로 끊어야 하리

속절없이

부유하는 괭이밥처럼
보내는 하루
아득히 먼 원시로부터 온
끊어질 줄 모르는
삶의 나이테가 창살이 되고
아무리 뻗어도 닿지 않는
정착의 땅

똑딱
시계의 초침 소리
생의 한 자락이 흘러간다

연륜

벽에 새 달력이 걸렸네
봄 여름 가을 겨울
계절을 상징하는 그림
눈 안에 황홀한데
한 묶음으로 엮어진
일 년이 미리 다가오네

겨울이 가면 봄이 오고
봄이 가면 여름이 오고
정확하게 어김없이
여름이 가면 가을이 오겠건만
신년을 맞는 새로움보다
세월의 무상과 함께
한 장 한 장 뜯겨져 나갈
달력의 신선함이 애달프다

시간의 선물

수련

눈에 보이는
마음에 들여놓은
손에 쥐고 있는
욕심들을 놓는
연습을 합니다

그날이 언제일지
알지 못하지만
언젠가는 다 두고
가야 할 거라는 걸 알기에

켜켜이 쌓아 온
마음의 군살까지
내려놓는 연습을 합니다

그렇게

열심히 그려 온 직선이
어느 순간 삐뚤어져
부질없는 헛짓이 되었을지라도

고르고 고르던
돌과 티와 쌀이
다시 섞여 버렸을지라도

한 발 두 발
힘겹게 오르던 비탈길에서
한순간에 미끄러져
원점으로 내려왔을지라도

보이지 않는
무언가가 생겼을 거라고
유성처럼 흘러가는 나의 생
어느 한 부분 메꿔졌을 거라고

　　　　　　　　　　시간의 선물

상처

상처 없이 크는 생명이
어디 있으랴

상처 없이 견디는 마음이
어디 있으랴

상처 없이 맺어진 사랑이
어디 있으랴

겉으로 보이는 것이
전부가 아니라는 걸

꽃으로도 피는
상처가 있다는 걸

상처를 가져 본 사람은 안다

대전역

한때는 떠나기도
또 한때는 돌아오기도 했던 곳

대전역 유리문을 등지고 서서
에스컬레이터를 타고
끊임없이 내려오는
사람들을 보고 있노라면
까맣게 지워졌던 기억들이
망각의 창을 두드리네

초딩 시절 친했던 짝꿍
매칼없이* 혼자서 애태우던 풋사랑
빌려 간 돈 안 갚고 연락을 끊어 버린 친구
어디론가 떠나갔던 사람들이
눈앞에 불쑥 나타나 줄 것 같은데

세월을 되돌리는

에스컬레이터는 어디 없나

_* 매칼없이: '공연히'의 방언

모정

어머니 돌아가신 자리
수의 짓는 아낙네에게
부탁해 잘라 받은
하얀 명주 한 자락

제멋대로 자란 막내아들
육지로 유학 보내 놓고
탈 없으라고 건강하라고
새벽마다 정화수 올려놓고
정성으로 비손 빌던 어머니

어머니 떠나신 지 사십여 년
거센 바닷바람 거친 논밭일에
굳은 손마디로 지어내신
고운 명주 한 자락

해마다 돌아오는 시한이면

따뜻하고 부드러운 손길인 양

돌아가신 어머니보다 더

늙은 아들 목덜미를 덥히네

삶이란

산다는 것은 늘 살얼음판의 연속이지
조심조심 살금살금 발을 앞으로 내밀어야 하지
전진하면서도 언제 깨질지 모르는
불확실성에 늘 긴장을 하지

이젠 좀 두꺼운 얼음 위려니
마음을 놓으려는 순간
웅덩이에 빠지기도 하지

웅덩이가 얕을 때는
한쪽 다리만 빠지기도 하고
혹은 웅덩이가 깊어서
아주 헤어 나오지 못할 수도 있지만

대개는 다시 얼음 위로 올라오지
그리고 차갑고 시려운 아랫도리를 추스르며
다시 앞으로 걸어갈 수밖에 없는 게
삶이 가진 숙명이지

삶이란 멈춤 장치가 없는 썰매 같아서
끝없이 앞으로 나아갈 수밖에 없는 거지
결국 산다는 것은 늘 살얼음판 위를 걷는 것처럼
불안전함의 연속선상에 있는 거지

때문에

해는 저 혼자 타오르고
지구는 저절로 돌고
달은 따라서 도는데

일 년을 열두 개로 나누고
한 달을 삼십 개로 나누고
하루를 이십사 시간으로 나눈

그는 누구인가

인간의 나이를 셈하고
늙음과 젊음을 구별하게 만든
그가 살아갈수록 마뜩찮다
그 때문에 보태기를 더해 가는
내 나이는 어쩌란 말인가

시간의 선물

쇠락

여기저기 출몰하는
반란의 조짐들
엇 둘 엇 둘
날마다 점검을 하며
불순의 싹을 다스린다

뼈가 삐걱거린다
뼈는 시간의 역습을 못 견디고
시간은 조금씩 잠입해 들어간다

뼈와 시간의 줄다리기
이미 승자는 정해진 게임
수없이 사라진 왕조들처럼
흥망성쇠 또한 우주의 섭리이련만

허물어져 가는 존재의
기반이 서글프다

자기 앞의 생

아무것도 훔치지 못했고
아무것도 얻지 않았다

사는 건 늘 그랬고
죽는 것도 쉽지 않았다

깨달음은 뒤늦게 왔고
어리석음은 먼저였다

알 수 없는 것들이 닥쳐올
미래는 늘 두려움이어서
현재를 살지 못했다

알아야 할 것들은

아무도 가르쳐 주지 않았고

풀지 못하는 아둔함은

스스로를 자책할 뿐이다

끝내 한 방울 이슬처럼

사그라질 나의 생을 애도한다

3

오월 어느 날

꿈결인 듯 아련한
이 평화스러움 속에
등나무 등걸처럼 어우러져
천진한 아이처럼

갈대밭에서

꽃이 지고
초록이 이울어야
나부끼는 은발의 향연

언제였더라
꿈이 떠나는 때가 있었지

다시 꿈이 돌아오는 소리
들리는 듯

하 많고 많은
세상의 빛깔 있어도
인생의 쓴맛 단맛을
다 맛본 후에야 낼 수 있는
인고의 빛깔 여기 있네

오월 어느 날

어지럽게 흩날리며
눈송이처럼 떨어지는 꽃잎
나부대며 날아다니는 벌나비

숨을 쉴 때마다
콧속 깊이 스며드는 꽃향기
교태롭게 흔들리는 잎사귀
눈동자마저 초록에 물든다

꿈결인 듯 아련한
이 평화스러움 속에
등나무 등걸처럼 어우러져
천진한 아이처럼

감성의 채무자가 되고지고
감성의 채무자가 되고지고

동백꽃 이별

서럽게 서럽게
울다 떠났다지요

사랑하기에
너를 위하여, 라는
나의 사이 두기가
그녀에게는
혹독한 고난과 아픔이 될 줄은
정말 몰랐습니다

방긋 웃는 얼굴과
튼실한 몸매를 보며
잘 견디어 내고 더욱
환하게 살아갈 줄 알았습니다

가끔 보기는 했었지만
그녀의 울음소리는 내 귀에
들리지 않았습니다

이미 차가워진 그녀의 작별 앞에
나의 미련을 탓하지만
아무것도 되돌릴 수 없는 게
세상 모든 일의 이치겠지요

봄의 귀향

수줍게 일렁이는 공기
애틋하게 번져 오는 따스함
물빛 안개 속에 피어나는 빛

시시각각 미묘하게 변해 가는
색채의 환상
신비로운 박동으로 솟아나는
연두의 행렬

문득
내 곁에 다가와
서 있는 님의 그림자

나미브 사막의 나무

죽어서도 서 있는 나무

살아 삼백 년
죽어 삼백 년
생명을 포태했던 대지엔
거세된 계절의 흔적들

실종된 삶의 의미와 가치
흑갈색 허무로 가득한 빈터

생명이 정지된 시간 속에서
나무의 언어는 사라졌어도
수많은 사연이 아로새겨져
죽어서도 살아 있는 나무

그때를 증언한다

아름다운 인연

어디선가 날아온
민들레 홀씨들

어쩌면
한줄기 바람처럼
스쳐 지나갈 수도 있었을 것을

몇 겁의 생이
마주쳤었던 걸까

깊은 산 옹달샘
제각기 흘러도
모여 모여
강물을 이루듯

시간의 선물

이쁘고 이쁜

마음들 어우러져

밤하늘 수놓은 은하수 이루네

겨울 인사

입춘이 내일인데
그냥 갈 수 없다며
앙탈 난 동장군
밤새 수돗물 꽁꽁
유리창엔 울울창창
성에로 숲을 만들었네

이른 아침
시린 얼굴 다독이며
한뎃잠 자는
길고양이 불러 보는데
어디서 날아온 까마귀
까아악! 까아악!

흉한 소식 아니고
박새 멧새 곤줄박이 산비둘기
어젯밤 강추위에도
다 잘 있다는 안부 전해 주네

두드림

똑똑 또그르
봄이 온다고 지붕 위에

똑똑 또그르
새싹이 돋아나라고 뜨락에

똑똑 또그르
이제 깨어나라고 들창문에

봄에 오는 비는
생명을 일깨우는 마중물

메마른 마음의 샘터를
적셔 주는 사랑의 마중물

목백일홍

얼마나 애타게 매달렸기에
내민 손끝마다 피가 맺혔나
남들 다 하는 꽃놀음
넌 왜 그리 더디냐

야속한 님의 눈길
면면이 딴전이라
속으로 우는 울음
온몸이 갈라져 버렸소

봄내 앞다퉈 피던 꽃들
무더위 피해 떠나간 자리
삼복더위 석 달 열흘
홀로 피어나려 하오니

님! 그 눈길 제게 주소서

가을엔

가을엔

누군가에게
겨울을
누군가에게
고향을
누군가에게
어머니를 대신하려고
배추가 제 속을 채워 간다

긴 여름
밖으로만 나돌던 탕자도
제 집을 기웃거리고
늦게 핀 산비탈 들국화도
안식을 기다리며
바스락 바스락
낙엽이 얘기를 한다

시간의 선물

겸허해지라고

겸허해지라고

분리수거

아프게 뜯겨지고
뒤집어 헹궈지고
제각각 나눠지고

버려진다는 건
슬픈 일이지요
존재에 대한 가치를
아무도 인정해 주지 않으니

생명을 불어넣을 순 없지만
소멸되어 가는 존재를
다시 일으켜 세울 수 있게

자연과 함께 공존하기 위해
가치와 의미를 찾는 중입니다

비행 중

무한의 대양을 나르는 작은 새
바람보다 더 빨리 구름을 가른다

천 근보다 무겁게 내리누르는
목숨의 무게
생은 어느 곳에서도 그 값을
가늠할 수 없는 것

겸허하게 온 힘을 다하여
날개를 저어야 하는 건
드넓은 창공에서도 마찬가진가

매미

익선관에 곤룡포
여름의 제왕이련만
칠 년의 참선 끝에
얻은 득음 어찌하고
불타던 십오야의
사랑 어디에 두고

이슬로 목을 축이고
누옥 한 칸 짓지 않은
청렴도 부질없이
말복도 멀었는데
진초록 풀잎 사이
널브러진 껍데기만
바람에 흔들리누나

비애

비가 오는 날이 좋다
울어도 모르니까
비가 오는 날이 좋다
다 같이 젖으니까
비가 오는 날이 좋다
슬픔도 서러움도 씻길 테니

기왕에 오는 비라면
천지 분간할 수 없이
쏟아졌으면 좋겠다
그 어딘가
아무도 모르는 곳
떠내려가 묻힐 수 있을 테니

삼복

한 번도 데워 보지 않은
순진한 자들의 황홀한 배경

태양의 노여움이 두려워
꽃들도 제 안에 머무르고
무거운 게으름에 등 떠밀려
들뜬 사랑도 등 돌려 눕는

차라리 어둠 속을 헤매고픈
어린 천둥벌거숭이들이
세상을 휘젓고 다니는 계절

로드킬

유월 염천
뜨거운 아스팔트 위
모판 두 짝 나뒹군다
싱싱한 진초록빛 아기 모들
어느 농부 손길 아래 컸을 텐데
트랙터 뒤꽁무니
악착같이 붙잡지 못하고 떨어졌나

고라니 강아지 고양이 아니니
지나가도 되려니
무심코 밟으려다
아! 산 것이지
더 살아서 다른 뭇 생명
살리려다 저리 되었지
정신 차리고
조심스레 핸들을 돌린다

미세먼지

예측할 수 없는
절망의 몸부림
<u>스스로</u>
자연을 거역한 죄

인류의 이름으로
무수히 저지른
오만한 행패의 결과

눈앞을 가리고
사지를 묶고
마침내
숨을 멎게 한다

장마철

창고 지붕을 연일 두드려 대는
빗방울의 함성이 요란스럽다

휩쓸고 지나간 자리마다
드러나는 반란의 흔적
무엇으로도 메꿀 수 없는
패어 버린 상처의 아픔

음란하고 방탕하게 밀려온
푸른 이끼와 검은 곰팡이 무리
음침하고 우울한 날의 합창 속

방충망을 찾아온 아기 청개구리
마당가 하얀 무궁화에 눈을 맞춘다

애련

찬 서리 매운바람
견디고 다다른
목련의 열정이여

창백한 허공에 솟은
순백의 기품은
그립고 안타까운
님을 향한 순수이련만

지극한 정념으로
홀로 타오르는 매혹이
허무하게 지는
애처로운 사랑이어라

잡초

짓밟혀도
다시 일어서는
결코 끊어지지 않는
민초들의 넋

흙과 바람과 비로
유전자에 새겨진
끈질긴 생명력

그물에 걸리지 않는
자유로운 영혼들

원죄

바닷가 바위는
아무도 모르게 닳아 간다

결코 어긋난 욕망 같은 건
품어 보지도 않았는데

시시때때로 몰아치는
성난 해일의 할큄과
모진 폭풍의 채찍을

저 혼자만의
아픔과 슬픔으로 삭이며
무너지고 이지러진 상처와
아무도 알아주지 않는
고통의 흔적들로
홀로 야위어 간다

그냥 그 자리에 있게 됐을 뿐인데

다만 그때 그 자리에 있었을 뿐인데

질경이

힘센 것들
이쁜 것들
금수저 물고 나온 것들

이도 저도 없으니
떠밀려 떠밀려
길에 나앉았지요

널찍한 땅도
번듯한 집도
가질 순 없지만
짓밟히고 짓밟혀도
살아나는 생명력과
굽히지 않는 저항력은
누구에 못지않지요

청초하지도 화려하지도 않지만

나물로 약초로 버리는 게 없지요

길 위의 삶이라고 비웃지 마세요

연작(蓮作)

하늘에 바치는 공물인가
이토록 아름다운 보석
만드신 이 뉘신지
너무 커도
너무 작아도
구슬이 될 수 없네

딱 그만큼만
욕심이 커지면 죄가 되느니
지나침은 결코 허락하지 않는
엄숙한 중용의 규칙

진흙에서 태어났으나
오롯이 정갈하고 소박한
천연의 세공사라네

자벌레와 인간

자벌레는 제 몸을 재며 살아가지만
결코 제 몸으로 다른 것을 재지 않는다

그런데 인간은
스스로 제 몸도 못 재면서
자신이 가진 식견(識見)으로
타인을 재며 헛소리를 한다

잘났느니 못났느니
유식하니 무식하니
맞았느니 틀렸느니
이러저러 이러저러

그런 인간일수록
자신을 재는 잣대는 없다

으뜸 논산

논이 많아 논산이라네
노을이 아름다워 놀뫼라네

탑정호수 맑은 물에
철새들 떼 지어 노닐고
비단실 풀어진 듯
골골에 샛강물 흘러드네

볕 좋고 따사로워
들판엔 오곡이 풍성하고
철따라 백화가 만발하니
집집마다 살림살이 풍요롭네

지척에 명산이요
한걸음에 서해라
뭇사람들 들고나며
온갖 물산 모여드네

산 좋고 들 좋고 물 맑은 고장

대대로 인재가 절로 나니

예부터 예학 충절

으뜸이 논산이라네

4

바람의 기억

시간의 마력이 소멸시킨다 해도
위선이 진실을 덮을 순 없으며
끊어지지 않는 기억의 사다리로
살아남은 자들의 가슴에 남으리

다시 쓰기 위해

오랫동안 쓰지 않아
칼에 녹이 슬었다
칼에 슬어 있는
녹을 닦아 내기 위해
숫돌을 낸다
열심히 갈아 댄다
다시 쓰기 위해

혹여 쓰지 않아
방치해 둔
내 마음 한켠에도
녹이 슬거나 이가 빠져 버린
풋풋함 따스함 그리움 감사함
그런 것들은 없는지
들여다봐야 되겠다

아스라이

어느 외딴 섬
바닷가 절벽 어디쯤
휘감아 도는 파도 소리

생년을 알 수 없는
오래된 나무들의 숲
언저리를 스치는 바람 소리

아무도 모르게
저 홀로 만들어진 동굴 속
눈먼 귀뚜라미 울음소리

누구도 알아주지 않는
무명작가의 혼이 담긴
비원의 울림소리

무명의 힘

문을 움직이는 건
문 뒤에 숨겨진 경첩이듯
세상을 이뤄 나가는 건
유명 뒤에 가려진 무명들
모든 무명은 세상의 주춧돌

태초엔
아무도 이름이 없었나니
이름이 없다고
존재조차 없는 건 아니리니
참으로 소중하고 귀한 것은
그 이름을 붙일 수 없는 것

진정한 힘의 뿌리는
이름이 없다

소주와 김으로

자정이 가까워지는데
오지 않는 잠을
시집으로 부른다

그래도 오지 않는 잠
소주로 부른다

시 한 편에
소주 한 모금 김 한 조각

페이지를 넘길 때마다
목을 넘어가는 소주와 김

몸도 마음도 가난한 나는
소주와 김으로
안식의 밤과 약속된 내일을 산다

바람의 기억*

금덩이를 돌멩이처럼 여기던 사람들
한 그루 나무처럼 살아가던 사람들
참으로 자연을 숭배하고 사랑했던
그들은 다 어디로 갔는가

광대하고 광대하여라
약탈과 기만과 살인으로 확보한 땅
산엔 사슴과 버팔로 노닐고
들엔 마소가 한가로이 풀을 뜯는
평화 뒤에 감춰진 잔인한 과거

책임지어지지 않은 망각의 이름
시간의 마력이 소멸시킨다 해도
위선이 진실을 덮을 순 없으며
끊어지지 않는 기억의 사다리로
살아남은 자들의 가슴에 남으리

* 미국 여행에서

슬픈 소망*

흔적 없이 사라졌던 들꽃들
다시 피어나는데
잔인한 사월이 가고
황량한 들판은
초록으로 물들어 간다

가슴을 헤집던 통곡 소리
어제련 듯 귓가에 맴도는데
용광로처럼 들끓던 고통도
소금을 뿌린 듯 에이던 상처도
흐르는 세월 따라 아물어지길

원통하게 떠나간 어린 넋들
어여쁜 꽃이 되어 새가 되어
다섯 가지 복을 갖춘 사람으로
살기 좋은 이 세상 어딘가에
다시 태어날 수 있기를…

* 세월호를 기억하며

시와 술

한 잔의 술을 마시고
시 한 편을 읽는다
두 잔의 술을 마시고
시 두 편을 읽는다
세 잔의 술을 마시고
시 세 편을 읽는다

시가 취해 가고
술은 시가 되어 간다

시가 술같이 되고
술이 시같이 되면

삶이 거룩해지려나

십일월

숨을 건 숨고
감출 건 감추고
사라질 건 사라지는

빨강도
노랑도
연두도
미련 없이 떠나가고
색깔 없는 바람만
허허로운 들판을 휘돌아

붙일 데 없는
외로운 마음이
속절없이 서러운 달

용량 과다

심장이 커졌으니
검사를 받으란다

너무 많은 것을 탐했었나
과식을 했다면 위가 커질 텐데

한평생 흐벅지게
놀아 보지도 못했고
간덩이가 작아서
그 흔한 선거판 한번 못 뛰어들고

화가 치솟아도 뒤로 물러나고
억울한 일을 당해도
남에게 행패 한번 못 부리고
숨죽이고 살아왔는데

다 늦게 큰소리라도 쳐 볼까

내 심장 크다고

선거판

진실은 어디에 있는가

흑이 백 같고
백이 흑 같고
쓰레기 더미를 덮은
비단 보자기에 매혹되고
진주조개를 둘러싼
불가사리는 아닌지

아무도 알려 주지 않고
아무도 보여 주지 않는
정직이 실종되어 버린
거짓과 야합이 난무하는 세상

진실은 어디에 있는가

시간의 선물

한 치 앞도 보이지 않는
어떤 것도 믿을 수 없는
거짓과 위선과 권모술수가
판치는 세상이 어찌 되려나

손톱

옷깃에 손톱이 걸린다
들여다보니 오른손 중지의 손톱
끝이 톱날처럼 떨어져 나갔다
걸핏하면 갈라지고 찢어져
나가는 손톱을 어찌할까

갈라질까 봐 조심해서 잘 다듬고
틈틈이 핸드크림을 발라 주는데도
잊을 만하면 말썽을 부리는 손톱
아예 바짝 잘라 버릴까

그러나 기억은 알고 있다
그러면 무엇을 집을 때
불편하다는 걸
살면서 부딪히는 많은 관계들 또한
그러하다는 것도

뽑아 버릴 수도 없는 손톱의 반란을

잘 다스리는 수밖에

가시

수삼 년
베란다에 키운 아스파라거스
높은 데 걸터앉아
늘어진 옷소매 자랑이다

아침나절 물 주다
허락도 없이 들어선
여뀌 잡아 뽑아 주는데
웬 가시 손가락을 움켜잡네

저 위해 침입자 잡아 주는 정 모르고
오히려 가시로 찌르다니
엉겁결에 여뀌 허리만 분지르고
뿌리는 못 뽑았네

하긴 내 속으로 낳아

수십 년 키운 자식도

저 위해 하는 말에

가시 돋친 혓바닥 내밀기 일쑤니

어찌 너를 괘심타 하리

돈

누군가는 돈을 휴지처럼 쓰고
누군가는 돈을 황금처럼 쓰네

돌고 도는 것이 돈이라지만
없는 돈 때문에 생목숨이 끊어지고
있는 돈 덕분에 지은 죄도 벗겨지네

돈이 휴지가 되어서도 아니 되고
돈이 황금 같아서도 아니 되리니

세상에 도는 돈이 물처럼
낮은 데로 낮은 데로 흘러
모든 사람이 돈을 돈답게
쓸 수 있었으면 좋으련만

신문

답답하고 분개하여 화가 난다
안타깝고 슬퍼서 눈물이 흐른다
어이없고 기가 막혀 한숨이 절로 난다

그러나
누군가를 위해 정성을 모으고
누군가를 위해 희생을 마다하지 않는
누군가가 있어 마음이 따뜻해진다

그리고
아직은 살 만한 세상이지 싶어
앞날에 대한 희망을 가져 본다

한숨과 분노와 슬픔과 눈물과 희망이
매일매일 교차되는 혼잡한 세상에서

우리말*

야만과 어둠의 치하에서
살아남은 것은 강한 것
내가 아닌 우릴 지키기 위해
스러져 간 목숨들

목구멍에 밥 넘어가듯
저절로 나오는 말이
발을 떼면 걸음이 되듯
배우면 쓰는 글이
이토록 귀한 보물인 줄
이제야 알았네

짓밟혀도 죽지 않고
목숨 걸고 지켜 낸
소중한 우리말 우리글

더렵혀지지 않도록

허물어지지 않도록

천세도록 만세도록

갈고닦아야 하겠네

* 영화 '말모이'를 보고

자위

이것도 복이려니
지금이 가장 좋은 때려니
허전한 마음
억지로 달래어
기둥가에 매어 두고

5척 단신 육신일랑
누워도 보고 앉아도 보고
걸어도 보고 기어도 보고
하고많은 잡동사니
풀어 보고 쌓아 보고

하릴없이 바쁘다가
끄덕끄덕 졸음 끝에
잠도 한숨 자 두고
그래도 지금이
좋은 때려니 행복한 것이려니

개똥밭에 굴러도

이승이 저승보다 낫다니

전염병

여기서 펑
저기서 펑

코로나19라는데
나라 밖에서 나라 안으로
수백 리 밖에서 십 리 안으로
적군의 포위망이 좁혀 오듯

언제 저격당할지 모르는
초조와 불안
움치고 뛸 수도
숨을 곳도 없다

균은 종횡무진 날뛰는데
날마다 늘어나는
밤 놔라 배 놔라 떠들어 대는
못된 정치꾼들 헛소리

마귀 탓 사탄 탓

대명천지 과학 세상에

어처구니없는

사이비 목자들 병든 소리

코로나20으로

명명해야 되려나

정치판

조화가 생화 같고
생화가 조화 같은
혼란의 극치

조르고 찌르고
탐색하고 속이고
독을 살포한다

피가 마르는 공방전
야합과 협잡으로 얼룩진
공존과 협력의 공생

잘나고 강한 자가 아닌
환경에 적응한 자만
살아남는 세상

을의 전쟁

목숨을 위한 몸부림
목숨을 버려야
목숨이 세워지는
왜소한 자의 전쟁

살기 위하여 꿈틀거릴수록
올가미는 더욱 죄어 오고

무자비한 악마의 발톱에
심장은 찢기어져 가는데

거대한 힘과 권력의 골리앗에
작고 힘없는 다윗의 돌멩이는
하나뿐인 목숨인 것을

바이러스

눈에 보이지도 않는
손에 잡히지도 않는
미세하고 미세한 것이

창살 없는 감옥을 짓고
인간의 목숨을 빼앗네

사람 사는 사회에서
무섭고 두려운 건
무소불위의 권력
돈 많은 자의 갑질
미사일 수류탄 기관총
사자의 송곳니
곰의 앞발처럼
거대하고 힘센 거였는데

참으로 무서운 건

눈에 보이지도 않고

손에 잡히지도 않는

잡을 수 없는 것이라네

한 방에

인생은 한 방이라고
복권방 앞에 늘어선 사람들

저마다
1분이면 정해지는 로또 번호처럼

한 방에 끝낼 것만 같은
꿈을 꾸지만

비 오는 날
번개보다도 급하게

해안가를 덮치는
쓰나미보다도 빨리

눈앞에서 사라지는
신기루보다 허무하게

모든 욕망을 거두는 죽음 또한

한 방이라는 걸 알기는 한 걸까

등급과 종류

사람 사는 사회엔
등급이 있다

권력의
지위의
명예의
재물의 등급이

이것은 언제 바뀔지 모른다

사람 사는 사회엔
사람의 종류가 있다

　　　　　　　　시간의 선물

누군가에게

있어야 되는 사람

있어서 좋은 사람

없어도 되는 사람

없으면 편한 사람

그러나 이것은 여간해 변하지 않는다

인터넷 세상

악머구리 들끓듯 떠들어

말이 창이 되고

글이 칼이 되는 세상

개미가 개구리로

노란색이 빨간색으로

사실이 변질되는

진실이 오염되는

현상의 모순으로

타인을 재단하는 사람들

갈망한다

슬픔이 오로지

슬픔일 수 있기를

　　　　　　　　　　　시간의 선물

갈망한다

아픔이 오로지

아픔일 수 있기를

깜찍하고 요망한 것

깜찍한 것이 날 홀린다
한순간에 구만 리를 난다는
붕새보다도 빨리
지구 저편을 보여 주고
때론 악마의 지옥도 천사의 낙원도
내 눈 앞에 펼쳐 보이고

앙큼하게도
찰나의 시선에 현혹되지 않으려는
나의 메마른 욕망에 물을 주고
삶의 의미를 바꾸라고 보채기도 하는

외딴섬처럼 사는 나를
풍진세상과 연결해 주는
생명줄 같은 너는
수틀리면 어느 날 갑자기
사라져 버리기도 하는 요망한 친구

잘못된 욕심

전등불 끄고 어둠 더듬다
가구에 부딪혀 유리가 박살났네

어설픈 마음 다칠까 봐
일부러 정 주기 꺼렸더니
속엣말 나눌 이 별로 없네

절약이 욕심이 될 수 있고
절제가 교만이 될 수 있음을
해 지는 황혼에서 깨달았으나

굳은 습관 고치기 어렵고
한탄한들 되돌릴 수 없으니
스스로 부끄럽기 한이 없어라